# MANIFESTATION

## EN L'HONNEUR DE

# M. MORHANGE

### PRÉSIDENT DU CONSISTOIRE ISRAÉLITE DE LA LORRAINE

## 12 DÉCEMBRE 1882

### CÉLÉBRATION DE SES NOCES D'OR ET DU 60e ANNIVERSAIRE DE SON ENTRÉE EN FONCTIONS

Mardi dernier, 12 décembre, a eu lieu, à Metz, une rare cérémonie, le Président du Consistoire de la Lorraine célébrait, en même temps que ses noces d'or, l'anniversaire de la soixantième année de ses fonctions publiques.

La Communauté israélite de Metz lui a offert à cette occasion un joli souvenir, consistant en deux statuettes en bronze représentant *Rebecca* et *Ruth*; sur l'une est gravée l'inscription suivante :

*La Communauté israélite de Metz à M. L. Morhange. Souvenir, 1822, date de son entrée en fonctions.*

Sur l'autre également :

*La Communauté israélite de Metz, reconnaissance. 1882, époque mémorable pour M. et M<sup>me</sup> Morhange.*

Un autre souvenir lui a aussi été offert par une Confrérie de Metz, dont il est depuis nombre d'années (55 ans) le président.

Ces témoignages d'affection répondaient aux sentiments que l'on ressentait pour cet homme de bien. Une délégation d'au moins cinquante personnes, des différentes administrations de la communauté, s'est rendue en cortége, le Grand-Rabbin en tête, chez M. et M<sup>me</sup> Morhange, pour leur exprimer leurs félicitations à l'occasion de cet heureux événement.

Notre digne pasteur, M. Bigart, s'est fait l'interprète de la Communauté entière ; il a retracé en termes heureux la vie si bien remplie de notre éminent Président et concitoyen.

Plusieurs autres discours ont été prononcés, entre autres par M. Mayer, Vice-Président du Consistoire, qui a gracieusement associé dans son allocution à l'éloge du mari, celui de M^me Morhange, ex-directrice du pensionnat qui porte son nom.

Entouré de ses enfants et petits-enfants, M. Morhange a remercié chaleureusement la Communauté israélite de Metz, pour la sympathie qu'elle lui a toujours témoignée et pour l'importante manifestation dont il était l'objet.

Il a, dans sa réponse, attribué le mérite de ses actes à cette phalange d'hommes pieux, savants et dévoués qu'il fréquentait à Metz dans sa jeunesse et qui était la gloire du Judaïsme.

Grâce à eux, a-t-il dit, si j'ai pu rendre quelques services, c'est surtout à mes devanciers qui m'ont guidé qu'en revient l'honneur.

(Extrait du journal *Archives israélites*. n° 51.
jeudi 21 décembre 1882.)

Dans son numéro du 1^er février 1883, l'*Univers israélite*, complétant une relation précédemment parue, rapporte que M. l'administrateur de la mairie est allé le jour même de la fête féliciter le digne jubilaire et que le président de la Lorraine, M. de Flottwell, lui a adressé une lettre des plus flatteuses.

### Allocution de M. le Grand-Rabbin Bigart.

Monsieur le Président, cher et vénéré Maître !

En cette belle journée, pour vous si féconde en suaves émotions, si riche en radieux souvenirs, nous remplissons un devoir cher à notre cœur, en venant vous offrir, avec nos plus chaleureuses congratulations, celles de notre Communauté tout entière, qui salue, aime et bénit en vous son fils de prédilection, le digne objet de son orgueil et de son culte pieux.

Nous éprouvons tous une joie bien vive, un bien grand bonheur à célébrer avec vous le soixantième anniversaire du jour où notre Consistoire vous a nommé aux fonctions de professeur à l'Ecole talmudique, et quelques années plus tard, appelé dans son sein, en qualité de secrétaire.

Depuis cette époque, vous avez été constamment le bras droit de l'Administration, si fière aujourd'hui, de vous posséder à sa tête ; et certes, nous ne faisons ici que rendre hommage à la vérité et au mérite, en affirmant que voilà 60 ans, qu'il ne s'est opéré, pas plus dans notre cher Metz israélite, que dans notre circonscription, rien d'utile, rien de beau, rien de grand qui ne fût ou l'œuvre de votre initiative, ou celle de votre active et intelligente collaboration.

Vous avez acquis, en matière administrative, une autorité telle, qu'elle est reconnue non-seulement par ceux qui ont l'avantage de siéger à côté de vous, dans notre Consistoire et dans l'administration de l'hospice, mais encore par vos éminents collègues dans le Conseil de notre cité ; tous unanimes, à rendre hommage à votre compréhension des affaires et à votre expérience.

Si, dès lors, vous vous êtes révélé administrateur capable, vous vous étiez auparavant déjà révélé *talmudiste accompli* et *hébraïsant distingué*, en débutant avec éclat dans la noble carrière de l'enseignement des hautes sciences religieuses. Cet enseignement, inauguré à l'Ecole talmudique de Metz, vous l'avez continué plus tard, et jusqu'à sa translation à Paris, dans votre chaire de langue sacrée et d'exégèse biblique, à l'Ecole centrale rabbinique de France, et ce, avec un talent, un zèle et des succès dont se rappellera toujours avec amour et reconnaissance, *celui qui a l'honneur de vous féliciter en ce moment, et qui a eu le bonheur d'être assis aux pieds de votre chaire, et de nourrir son esprit de vos leçons si substantielles, si nerveuses et si profondément instructives.*

Le Talmud, vous le savez, cher et vénéré maître ! vous qui le possédez, comme sont rares ceux qui le possèdent. le Talmud compare le savant qui ne sème pas à pleines mains la science, dans les sillons où elle puisse germer et fructifier, à une vaste bibliothèque, bondée de livres, mais fermée à clef et inaccessible au public. Vous vous êtes toujours profondément pénétré du sens de cette admirable comparaison. Vous n'avez pas voulu que vos connaissances demeurassent un seul instant stériles. Depuis le départ de Metz de notre Séminaire, vous les répandez avec le plus noble dévouement, dans le champ plus modeste de notre Talmud Thora; où vous avez déjà eu le bonheur de préparer à la carrière sacerdotale, de jeunes intelligences d'élite, de même que dans une de nos institutions d'enseignement supérieur de la Cité, il vous a été donné d'instruire dans notre immortelle doctrine, et de préparer à la vie israélite, plusieurs générations de nos coreligionnaires messins, dont plus d'un se trouve ici devant vous, heureux et fier de vous en cordialement remercier.

Vous l'avez prouvé surtout, pendant deux longues vacances de notre chaire consistoriale où vous avez rempli *le saint ministère, les fonctions pastorales*, avec une distinction sans égale, et un dévouement au-dessus de tout éloge.

Mais pourquoi et comment essayerais-je d'énumérer en peu d'instants, les nombreux et signalés services que, dans tous les domaines et dans toutes les occurrences, vous avez rendus et rendez encore à notre chère Communauté ! La présence ici de la nombreuse et brillante députation qui se presse autour de vous, ne vous dit-elle pas notre gratitude avec une éloquence autrement puissante que toutes les paroles possibles ?

Voyez plutôt, vos collègues du Consistoire, les administrateurs de notre Temple, les représentants de nos institutions pieuses, comme de ceux de nos associations de charité, nos fonctionnaires de tout rang et de tout ordre, tous ont tenu à honneur d'être exacts *à ce rendez-vous de la reconnaissance;* tous sont venus ici rendre grâce avec nous, à la divine Providence qui a fait durer notre vie assez longtemps, pour nous rendre témoins de ce jour de fête et de joie ?

*Schéhekionou vekimonou religuionou la semann hasé !*

Oui ! ce jour est pour nous un jour de fête et de joie, puisqu'il est en même temps le cinquantième anniversaire de votre bonheur domestique. Il y a 50 ans, à pareil jour, que Dieu vous a accordé la grâce d'associer à votre destinée, *la femme si distinguée à tous les égards,* qui est l'âme de votre âme, et qui, elle aussi a jeté un lustre, si vif sur le nom que vous portez, en consacrant à la culture intellectuelle, à l'éducation morale et religieuse de nos sœurs et de nos nièces, les belles facultés dont le Ciel l'a douée.

Cher et vénéré maître, si vous jetez un regard sur votre carrière, vous devez être content de vous-même, content de votre infatigable activité, comme de ses résultats précieux; content de votre zèle et de votre dévouement, mis sans cesse au service des intérêts les plus élevés de notre cher judaïsme; content aussi du sort auquel vous ne pouviez mieux demander que ce que vous avez obtenu. Dieu vous a donné une compagne dévouée, qui depuis un demi-siècle est la joie de votre cœur, de même que vous êtes la couronne de sa tête; Il vous a donné des enfants dignes, tous dignes d'être l'orgueil de tels parents, et de petits enfants, comme il y en a peu. Dieu les bénisse ! Vous jouissez de bon droit, de l'estime et de la considération générale, et votre nom n'est prononcé qu'avec un religieux respect ; même ce qu'on appelle communément le fardeau des années, grâce au Ciel, vous ne le connaissez pas, ou plutôt vous le portez si vertement, qu'en vous voyant plein de vigueur et de jeunesse, après 62 ans d'utiles et laborieux travaux, on pense naturellement à cette maxime de nos docteurs : *Il n'est point de vieillesse pour les âmes d'élite, qui ne se nourrissent que de pensées pieuses, d'idées saines et saintes ; leur intelligence grandit encore avec les années, et gagne chaque jour des forces nouvelles.*

C'est ainsi, nous dit l'Ecriture sainte : c'est ainsi que Dieu bénit ceux qui l'honorent et lui consacrent leur activité.

Jouissez, cher maître, jouissez de longues, de bien longues années encore de tout ce bonheur si bien mérité, bonheur qui fait envie à tout le monde, sans que vous ayez un seul envieux.

Vénéré collègue et ami ! Comme hommage de notre reconnaissance et de notre affectueuse vénération, et en souvenir de la belle fête que notre chère Communauté célèbre avec vous aujourd'hui, nous sommes heureux de vous offrir ces deux modestes objets d'art ; tous ceux qui vous connaissent saisiront aisément la pensée qui a guidé notre choix de ces deux statuettes ; l'une, en effet, est celle de *Rebecca*, c'est-à-dire, de la personnification de la passion d'obliger et de l'amour de la concorde ; l'autre, est l'image de *Ruth* ou de l'incarnation du dévouement.

*Passion d'obliger, amour de la concorde et de dévouement, telle est bien la devise qui demeurera l'éternel honneur de votre vie.*

**Réponse de M. Morhange au discours que M. le Grand-Rabbin lui a adressé, au nom de MM. les délégués de la Communauté.**

MES CHERS COLLÈGUES ET CONFRÈRES,

Dans maintes circonstances, nos administrations, sociétés et confréries m'ont prouvé qu'elles me savent gré de m'occuper des intérêts de la Communauté, de participer à la gestion de nos institutions pieuses et charitables. Elles ne m'ont pas épargné leurs marques d'estime et de déférence; j'y fus toujours fort sensible, et en suis resté très reconnaissant.

Mais je ne m'attendais pas — parce que je ne me reconnaissais aucun titre pour y prétendre — je ne m'attendais pas à une manifestation aussi profondément sympathique, aussi honorable pour moi, que celle dont je suis en ce moment l'objet.

Assurément, Messieurs, c'est une véritable et imposante manifestation, que la démarche collective des membres du Consistoire, des administrateurs du Temple et de l'hospice, et des délégués des Sociétés et Confréries, venant au nom de la Communauté, non-seulement nous présenter, à M<sup>me</sup> Morhange et à moi, de gracieuses félicitations, et exprimer des vœux, à l'occasion des anniversaires jubilaires que le Ciel nous permet de célébrer, mais encore nous offrir de précieux souvenirs qui jettent un lustre sur cette fête de famille, et en font un événement marquant dans notre vie.

Cette manifestation si flatteuse, cette cordiale expansion de sentiments et de souhaits me rendent presque confus! et, en regardant une des statuettes, que vous me dites être l'image de *Rebecca*, j'emprunte ses paroles et me dis dans un autre sens : *Lama sé anochi*, pourquoi moi ? par quoi ai-je mérité ces honneurs ?

Aussi l'émotion qui me domine en ce moment, ne me rend guère capable de répondre convenablement à l'allocution qui vient de m'être adressée.

Permettez-moi donc, chers et honorables Confrères, de me borner aujourd'hui à vous prier d'agréer mes remerciements les plus sincères, l'expression de ma profonde gratitude.

Mes remerciements tout particuliers, à mon vénérable ami, M. le Grand-Rabbin, qui s'est fait l'organe de vos sentiments, l'interprète des vœux que vous voulez bien former pour M^me Morhange, pour moi et nos enfants.

J'accepte avec effusion, ces vœux et ces souhaits sortant du cœur et exprimés avec tant de délicatesse et d'éloquence ; heureux pronostic pour espérer leur exaucement, d'après ce que nous rapporte la *Mischna* d'un célèbre rabbin qui disait : *Quand la prière que j'adresse au Ciel, en faveur de quelqu'un, sort aisément de ma bouche, c'est un signe qu'elle sera exaucée.*

Que M. le Grand-Rabbin me permette cependant quelques réserves au sujet des éloges dont il a accompagné ces vœux, éloges que je ne puis accepter dans leur intégrité.

En effet, s'il m'a été donné de faire quelque bien, de contribuer à la fondation ou au développement d'œuvres utiles, c'est que j'ai été à bonne école ; ayant, par la nature de mes emplois, eu l'avantage d'être, de bonne heure, en contact avec des sommités de notre communauté, avec des hommes d'élite en science et surtout en pratique du bien, j'ai dû profiter de leurs leçons et de leurs exemples ; à force de voir et d'entendre, j'ai appris, j'ai observé, j'ai imité — l'esprit d'imitation, quand on est jeune, est un si puissant mobile ! — c'est ainsi que je suis devenu non pas *coutumier*, le terme est trop orgueilleux — mais *routinier* du métier. —

*Celui qui fréquente les sages*, disent les proverbes, *devient sage*. Et quand l'âge, l'expérience et des fonctions plus importantes, m'ont fait acquérir quelqu'autorité et plus d'influence, j'ai trouvé un bon nombre de collaborateurs capables et dévoués à qui revient, de bon droit, une grande partie de ces éloges.

Cela dit, je termine, en remerciant de nouveau chacun de vous, Messieurs et honorables amis, de l'honneur que vous venez de me faire, qui remplit mon âme de satisfaction et de reconnaissance.

Je vous prie également de vouloir bien transmettre mes remerciements aux respectables Sociétés qui vous ont chargés de remplir auprès de moi cette mission que j'appelle mission de bienveillance et de cordialité, réjouissant l'âme de celui qui en est l'objet et qui en ressent tout le prix.

Dites-leur, s'il vous plaît, que si, comme nous le disent les Ecritures saintes : *Les cheveux blancs sont un diadème, la vieillesse une couronne,* elles ont admirablement embelli celle que je porte, en l'ornant de précieux joyaux qui lui donnent un éclat qu'elle n'avait pas.

---

Dans son allocution, M. le Vice-Président du Consistoire, voulant, disait-il, compléter le discours de M. le Grand-Rabbin, a rappelé deux circonstances, qui ont donné la mesure du dévouement de M. Morhange.

En 1872, lors de l'émigration d'un grand nombre de familles israélites de Metz, de puissantes considérations engageaient M. Morhange à aller demeurer avec ses enfants, mais jugeant sa présence utile à la Communauté, qui, sans Grand-Rabbin, sans Consistoire, ses administrations désorganisées, se trouvait sans guide, sans direction, il prit la résolution de rester à Metz, seul chargé du double fardeau des fonctions religieuses et administratives, il parvint à force de zèle et d'efforts à tout réorganiser et à assurer la marche régulière des institutions.

En automne 1880, après une longue et aborieuse correspondance, il fit plusieurs voyages à Paris pour hâter et réaliser la mise en possession des legs Juriste attribués à plusieurs institutions charitables de la Communauté.

———

Messieurs Lambert Lévy et Leiser au nom de leurs sociétés adressent aussi leurs félicitations à M. Morhange.

———

A l'occasion de la Conférence que M. Morhange a faite le samedi 16 décembre 1882, il a adressé à ses auditeurs l'allocution suivante :

« Il est des moments dans la vie de l'homme, où les sentiments qui, peu à peu, ont pénétré dans son cœur, en débordent à un degré tel, qu'il ne lui est plus possible de les refouler, et d'empêcher leur épanchement. C'est un feu intérieur qui, à un moment donné, se fait jour, à travers les diverses préoccupations, sous le poids desquelles il couvait longtemps.

Il en est surtout ainsi du sentiment de la reconnaissance, lequel, expansif de sa nature, tend constamment à s'affermir, à se produire, et quand il est fortifié par de nouveaux excitants, alimenté par des stimulants qui se succèdent, il ne résiste plus au besoin de se manifester : le cœur qui en est rempli, cherche à déverser, en quelque sorte, son trop plein, dans le cœur de ceux qui l'ont fait naître, et qui ont le droit d'y compter.

Il se peut que, par une aveugle suffisance, attribuant à son propre mérite, ce qui, en réalité n'est que l'effet de la bienveillance des autres, l'homme prétentieux devient aussi ingrat, ne voulant devoir ce qu'il est, qu'à ses aptitudes personnelles, à son savoir faire.

Cet égarement de l'esprit est assez commun à l'âge des illusions, quand la connaissance des hommes et des choses n'est encore que superficielle, que l'expérience n'a pas encore assez de solidité pour discerner le vrai du faux, la réalité de la fiction ; mais il cesse au fur et à mesure que la force de la raison triomphe des subtilités de l'esprit, à l'âge où la vérité recouvre son autorité et fait disparaître le mirage d'une décevante imagination.

Me trouvant à la période de la vie où l'homme se recueille, où l'examen de soi-même et du milieu où il se trouve, où l'inspection de ce qu'il a fait et de ce qu'il aurait pu faire, le rappelle à la vérité vraie, à la stricte réalité des choses ; dans cette situation, appelée avec raison, *Jemei guebouroth* (jours des forces logiques), après avoir rendu grâce au Dispensateur suprême de m'avoir, dans sa bonté infinie, accordé la satisfaction de pouvoir célébrer d'agréables anniversaires ; en le remerciant de m'avoir inspiré la volonté et prêté sa divine assistance pour contribuer à l'accomplissement de quelque bien, je me reconnais le devoir et saisis l'occasion d'exprimer à mes amis et confrères, à mes collègues dans les administrations et sociétés, à nos communautés de la circonscription, de leur exprimer à tous, ma profonde et sincère gratitude ; de la considération dont ils m'entourent depuis tant d'années, et qui a été toujours pour moi un stimulant, un encouragement de la con-

fiance dont ils m'ont donné une preuve éclatante, en me
nommant, depuis 16 ans dans quatre élections successives,
membre du Consistoire; *considération* et *confiance* aux-
quelles mes estimables collègues du Consistoire ont ajouté
l'insigne honneur de la *Présidence*.

C'est une dette que je tiens à payer publiquement à l'occasion de la célébration de ces anniversaires qui m'a valu,
de la part de notre chère Communauté, de nouveaux témoignages de haute estime et de déférence. Ces témoignages si
noblement présentés, si sympathiquement offerts, m'ont
profondément touché ; ils marqueront dans ma carrière,
une étape de grande et réelle satisfaction, et comme je l'ai
dit, il y a quelques jours, je les considère comme l'auréole
de ma vieillesse. Le souvenir, en réveillant dans mon
cœur les émotions que j'en éprouve aujourd'hui, en renou-
vellera sans cesse mes sentiments de reconnaissance.

Puisse le Très-Haut m'accorder encore des années et la
santé, pour pouvoir continuer ma coopération à la prospé-
rité de notre Communauté; pour aider à lui conserver le
titre si bien mérité de la pieuse et charitable *Kehila Metz*,
titre qu'elle a toujours tenu, et qu'elle tiendra toujours à
justifier, par le maintien de ses belles institutions ; par sa
fidélité aux saintes et charitables traditions du Judaïsme;
enfin, par les liens de la concorde et d'une indestructible
confraternité.

(Pseaume 7) *En faveur de mes frères et amis, je sollicite
Schalom.*

Les vœux que je forme en faveur de nos chères Communautés sont : Que Dieu réalise pour elles la triple significa-
tion du mot *Schalom, bonheur et bien-être matériel; paix
et concorde, perfection morale et spirituelle.*

Le choix du sujet que nous nous proposons de traiter

dans notre conférence d'aujourd'hui, *La Providence,* nous paraît aussi être une action de grâce rendu à l'Eternel.

En effet, parler d'un attribut de Dieu ; développer un des grands principes de notre croyance, en faire connaître la haute portée théologique, et les effets moraux sur l'individu et sur la société, c'est glorifier Dieu ; c'est éveiller, fortifier la foi, apprendre à mettre dans le Maître de nos destinées, toute notre confiance, toute notre espérance.

. . . . . . . . . . . . . . . . . . . . . . . . .

. . . . . . . . . . . . . . . . . . . . . .

NANCY, IMPRIMERIE POLYTECHNIQUE DE N. COLLIN, RUE DU CROSNE, 5.

14

www.ingramcontent.com/pod-product-compliance
Lightning Source LLC
Chambersburg PA
CBHW072219210626
46818CB00014BA/2806